伊藤康子詩集

吹き抜ける風を

詩集　吹き抜ける風を＊目次

I

Ⅱ

Ⅲ

詩集　吹き抜ける風を

I

如月の午前五時に

立春を過ぎたとはいえ
早朝の空気は冷たく
空はまだ暗い

漆黒の空を見上げると
上弦の月が輝き
少し離れて金星も光っている

空は少しずつ青みをまし

月が位置を変え白っぽくなると
金星の輝きが際立ってくる

身に突き刺さってくる冷気
意識は内へ内へと籠もってくる
ここに立っているのは　独り

太陽の光の届くまえ
佇む　ほんのひととき
宇宙に抱かれた心地する

一人　小学四年の若さで突然
神に召された女の子がいる
理不尽なと悲しみがこみ上げてくる

足元にまつわりつく冷たさ
お花を供えたいのだけれど
親を気遣い声かけられない　今は

太陽の明るさに
星の輝きは失せ　月も姿を消した
一日がまた　始まっていく

如月の海は

寒風吹きすさぶなか
キャベツ畑を抜け
咲き誇る菜の花を横目に
進んださきには暗い海

荒波の打ち寄せる砂浜は
灰色にじっとりと光っている

灯台は何処かと問いかけると

散策していた二人連れの若者が
この先の角を曲がった所にあると
笑いながら教えてくれた

寄せて寄せて寄せてくる波がしら
水平線のかなたから迫ってくる
浜辺に佇むと　心は
バラバラになり叩きつけられる

寒さに震えながら
出店で大アサリに食らいつく
その温かさに肩をゆるめ
窓越しにまた海を眺める

縮こまり悴んだ心身から
捨ててしまいたかったものたち
薄暗い空の雲間から
弱い日差しが覗いている

「キャベツ一個　持って行きな」
会計をしていた若者が
手を拭きながら
明るく声をかけてきた

うぐいす

大きな声が響いた
はっきり
「ホーホケキョッ」
と

和歌山街道*の
新緑あふれた川沿いの道
大きな一本の樹から
姿は見えないが

確かに聞こえた

歩いている人を
気にする様子もなく
また　はっきりと鳴いた

かつて旅人が
疲れきって息絶えたり
馬に水を飲ませたりした
道

その頃も　鳥はさえずり
旅人の心を
癒していたのだろうか

マスクをはずし
大きく深呼吸してみた

曇り空のなか
冷たい空気が
胸いっぱいに広がった

＊　三重県の松阪と和歌山県を結ぶ街道

野の花は

寒さも明けたこの頃
街はみどりに包まれる
新緑若葉のみどりいろ
見上げる空まで明るくなる

足を外に踏み出せば
ももいろのマーガレットは満開
トベラの白い花が葉のあいだから顔を出し
ナンジャモンジャも白い雲のよう

庭の一隅に見つけた
首をのばしたうす紫の花
植えた覚えのない雑草で
五本六本、吹く風にゆれている

たよりなげにゆれる
名前を知らないその花を
「マツバウンラン」
と　知人が教えてくれた

ある日　近くの空き地に
その花の群生を見つけた
風に揺れるふじ色が

寄せては引く波のようにうごき
目の前に海があらわれた

やはり野におけ蓮華草*

そんな言葉が浮かんで来た

* 手にとるなやはり野におけ蓮華草
滝野瓢水の句

青葉の風に

街路樹の根元で
コバン草がゆれている

季節が先へ先へと動き
サクラもフジも
あっという間に
咲いて散っていった

気がつけば

いつ芽を出したのか
群生になって
吹く風になびいている

みどりいろの
ちいさな小判が
さわさわとゆれて
その名前のおもしろさ

そう
コバン草がゆれている

いのちあるもの

太平洋の荒波の打ち寄せる浜
この時期としては珍しく凪いでいる

浜辺に打ち上げられた珍しい貝殻
欠けたり砕けたりしている
それらを手に取ると
心は内へ内へと向かっていく

海は生命の源

そこから陸へと上がってくるもの

年月を経て　変化して
何千年も　何億年もかけて
現在へと繋がっている

動物も植物も細菌だって
命あるものは　変化して進化して
今へ　そして未来へ繋がっていく

人としてどう対処していくのか
人としてどう対処していけるのか

共存していく道はさまざま　まだ遠い

でも
海風を受けながら遺伝子を変化させながら
砂浜に根を張っているのだろう草花

まだまだ大丈夫　みんな繋がっていける

みつけた

手こぎ舟で水路に漕ぎ出す
迷路のような水郷めぐり

生い茂る葦《よし》は
そのむかし
戦人《いくさびと》を隠したか
人々の生活を支えたか

びわ湖から吹く風が

いま
葦《よし》の葉をゆらし
水鳥の声をはこぶ

水ぎわは
雑木の生える草むら
そこに絡みつく蔓に
だいだい色に朱い実がふたつ

ここにいるよと呼びかけている
カラスウリ　みつけた

夏に向かって

晩春の冷たい風が吹く中
岬への道を身を縮めて歩く
海は凪いで見えるのに
岩に打ちつける波は激しい

紺色の波が岩にくだけ
真白い水しぶきを散らし
水色の泡になって
また海に戻って行く

岸壁に寄り添うように
へばりついている社＊
沖をいく船の無事を祈るため
恐れおののき此処に作ったのか

自然の力を前にしたとき
神に祈るしかなかった　昔

目の前に広がる太平洋
生命の源である海
水平線のはるかかなた
見知らぬ国に　人々につながっている

かつては遠かった国々も
身近になってきた現代
良いことも悪いことも
瞬時に伝わってくる

二つの国と国の争いに
他の多くの国がかかわってくる
ひとつの国の経済が
その国だけでは収まらない　今

グローバル化した世界で
新しく出てきた困難へも
みんなの知恵や科学で立ち向かい
手をつないでいけるはず　の現在

吹き抜ける風を身体中で受け止めている

＊ 石廊崎の石室《いろう》神社

山に向かって歩きたい

稲刈りも終わり
稲架《はさ》かけしている村を抜け
刈り入れ前の稲が
大雨でなぎ倒されている村も抜けた

小雨の中　車を降りて
痛めた足を引きずり
杖をつきながら
濡れた木道を歩いていく

うっそうとした木々が
涼しい風を呼び込んでいる一か所
湧き水の分岐点
そこから三方に水が別れ流れている

その昔
貴重な水の取り合いで
争いの絶えなかったこの地
行き場のない争いは貧困をまねいた

武田信玄という武将の知恵と力で
作られたという三分一湧水《さんぶいちゆうすい》
行先を決められた水が

今も田や畑へと流れていく

小さな東屋に座り
その水の流れを見ていると
心の底から
湧き上がってくるものがある

様々な事を経験しながら
繰り返しにならないように
前へと進んでいく
頑張れば解決できない事はない

　生きているのだ
生きていけるのだ

紅紫色のつりふね草が
木道よこで風に揺れている
立ち上がって
その先へと目を向けた

秋麗

雨の多かった　この秋
川すじから
あふれんばかりの水が
どっと流れ落ちる滝
その先にまた　滝

マイナスイオンの
水しぶきの舞う岩場
水面には魚の影が

光の道すじがわかるような
色にばらつきのある木々

ハイキングコースの
奥へと足をのばすと
紅葉しそこねた葉や
落ち葉もちらほら

次の季節への足音が
聞こえてくる

共に生きるには

今年になってから
植えたおぼえも
蒔いたおぼえも　ないのに
芽が出て蔓が伸びからまっていく

植物の命が自然に受け継がれ
それぞれ生き延びていく
人間だって　命あるものはすべて

菌類も　いつからか
土のなかで　大気のなかで
息をひそめて生きてきた

何があろうと生きるという
命のちから

いま　朝顔と風船カズラの花が
フェンスでからみあい
ひとつの花になって　咲きだした

Ⅱ

行く先は

始発の電車にとび乗り
新幹線とバスを乗り継ぎ
名古屋から岡山経由で高知へ

昼前には高知駅前で
飛行機で東京から来た
友人と無事に合流
こんな旅行もできるのだと
あらためて

交通網の発達にびっくり
循環バスや電車の乗り継ぎなど
観光地ならではの
足の便利さに感心しながら
桂浜へとむかう

今年は台風や大雨が多く
海岸には　打ち上げられた
ゴミやペットボトルが散乱し
後片付けが追いついていない

コンクリートの歩道も
一部が崩れ通行止め

それでも
龍馬像の見下ろす海岸を
観光客は楽しみにしながら

ここ特有のマイユウバスで
念願の牧野植物園*へ
広い園内をゆっくり歩き
普段は目にしない植物を楽しむ

多くの有名人を輩出した
この南国の地で
維新の偉人たちは
何を夢みていたのだろうか

高台に上ると目の前に太平洋
水平線のかなたに思いが広がっていく

＊　日本の植物分類学の父・牧野富太郎博士の業績を顕彰するために開園

友と二人で

銀色のさざ波が
目の前にひろがる
進み行く船べりで
じっと
その波を見つめる

あこがれていた
島へ向かう小航路
どこまでもかがやく

波　波　波

強い日差しが一瞬くもり
灰色になった
雨をよぶ風
それを避けるように
船は進んでいく

両足で立った桟橋
この島の人々か
重い荷物とともに
歩み去っていく

観光客の少ないはずの

真夏の港は
言葉の違う人々で
にぎわっていた

地元のバスは
本数が少ない
時刻表を片手に
乗り遅れれば
次のバスは二時間後

歩くしかない
でも
その歩きが楽しい
あたりを見ながら

島の人と話しながら
ゆっくり歩く

オリーブの木々のゆれる
この島では
刻《とき》もゆっくり流れるとか

彼岸も過ぎて

柿若葉の中に佇つ

サクラやハナミズキの花に
心浮かれているうちに
いつか時は過ぎていった

久しぶりの友からの便り
会いたいという言葉の中に
透けてみえる

欠けてしまった一人の女《ひと》の面影

自ら　生きることを止めてしまった
あの女《ひと》への想い
何かできたのではと
寄り添うことのできなかった
悔いを　お互い感じている

いつまでも同じでない時の流れ
写真の中では　若い私たちが
何の屈託もなく笑っている

とつぜんの風が
うつうつとした心を

空に吹き上げていった
あたりに漂う新緑のかおり

季節の移りゆく
あざやかな若葉の中で
友からの手紙を抱えて
ただ　佇っている

手のひらに

冷たい風が吹いている
暖冬といわれるこの季節でも
からだと心を吹き抜ける風は冷たい

　心を閉ざしているのは　だれ
　からだを縮めているのは　なぜ

喪中はがきで知るあの人のいない世界
会う機会はいくらでも作れたはずなのに

通り過ぎていった面影がよみがえる
「もう　名古屋弁で話すんだ」

別れてから半年後にかかってきた電話
あのとき言いたかった言葉が宙に浮いて
悲しみより悔いが残る

寒い日の別れは手袋をしたままの握手
手のひらの温もりは心の中に閉じ込めたまま

時の流れは

実家から道路を挟んだ前の家
あなたと遊んだのは　幼い頃

結婚し妊娠して実家へ帰り
あなたの母親に
教えてもらって編んだ
夫とそろいの二枚のセーター
あなたはもうその家にいなかった

次に会ったのは　父の通夜
あなたは母親といっしょに来て
言葉を交わすこともなく
軽く会釈して帰っていった
数年過ぎて　あなたの母親は
施設にいると耳に入ってきた

時が過ぎ　あなたの母親が亡くなり
いつか　私の母も亡くなって
実家への足も遠のき
帰ることもなくなった
あなたが
何処に住んでいるかもわからず
いつしか　思い出の中に潜んでいった

それぞれの人とのつながりの中
偶然に消息を知ることができた幼なじみ
同じ市の同じ区の隣の町に
あなたは元気に暮らしていると

あなたと会えて　思い出す数々のこと
互いのイメージはかつてのまま
懐かしさとうれしさが重なって
それでも　戸惑いと気恥ずかしさで
会話が弾むわけでもなく
歳月の流れの長さを感じた再会の日

昭和に生まれ　平成へ

そして次の時代へと時も移り
親しく遊んだあの頃から
六十年以上が　過ぎていた
そう　六十年以上が………

いま　この時期に

あの人からの手紙が途絶えたのは　何時からだったろうか
社教センターの講座で月に一回は会っていた
二時間以上の時間をかけて通って来ていた

自主グループになり
サークル活動に変わってからも
仲間の輪に入り　静かに話を聞いていた

講師の先生が亡くなり　解散してからも
手紙のやりとりは続き
元気な様子を知らせてくれた

ある時から　手紙が来なくなった

出した手紙は戻って来ず
何故　どうして　を抑えて
こちらからの近況報告
いつしか年に一回の連絡に

一方通行の手紙が何年か続き
あきらめて出すのを止めた
出した手紙が戻って来ないので

同じ所に住んではいると思いつつ
コロナ禍の今年になって　思い出し
二十年ぶりに書いてみた
届かないだろう手紙
空に向かってつぶやくように

おそらく彼岸にいるだろうあの人に

しばらくして　見知った住所で
あの人の息子から手紙が来た

　老人ホームに入り　認知でも
　心安らかに過ごしています

長い間　心に空いていた穴が埋まった
もう書くことのない手紙　出すことのない住所
持っている住所録を取り出し　あの人の名前を線で消し
心の奥に仕舞いこんだ

年の終わりに

霜月に入ってすぐ
えんぽうの友から
久しぶりのはがきが届いた

つれあいが亡くなりました

あわててかけた電話のむこうは
よく知っている
いつもの明るい声だった

脳梗塞で一年　はやかったなぁ

持病をもっている友の
この一年の看病生活を思うと
大変だったね　の言葉もでてこない

できることはすべてしたから

二人住まいの片方を亡くした
これからの生活を思うと
心のうちの覚悟がひびいてくる

落ち着いたら会おうね

そう　電話ばかりでなく
実際に会って話したい
何十年ぶりかの会う約束だ

お悔みのお礼だからと
ダンボールで送られてきた
いっぱいの下仁田ネギ
その地にしっかり足をつけていた
友のすがたが浮かんできた

ポスト・インから

先日夫が亡くなったので
家にこもっています

ポストに入れられた
手書きの一枚のはがき
突然の報せに　言葉を失った

近所に住んでいる友達
いつも

詩の冊子ができると
彼女の家のポストに入れて
また　感想などが
わが家のポストに入れられる

会うことは　めったにないけれど
おたがいの様子は
解っている　つもりだった
そう
ポストインの間柄

家族でいろいろあって　と
書いてはあったけれど
頑張ってね

と　書いてすませていた

同じ町内でないかぎり
葬祭の案内はこない
日ごろから　やはり
顔を合わせて話さなければ
言えない事がある
伝わってこない事がある

何も知らなかった
後ろめたさの
ためらいを振り切って
お茶でもしませんか　と
彼女の家の

玄関のベルを押してみよう

逝った人は

突然飛び込んできた電話は
胸の内に入らず頭の上を通り過ぎた

しばらくぶりの消息に
苦い思い出は遠のき
共に過ごしていたという事実が蘇る

時々会ったりメールのやりとりもしていた
様子は分かっていたつもりだった

それでもお互いの生活があり
僅かなつながりが残っていただけ

悲しいというより
一人の人間の終焉をみたようで
別れてからの生きざまに
知らなかった別人を感じてしまう

そんなものかもしれない
見せている顔の表と裏
解っているという思いはまぼろし
わたしも持っている
人に言いたくない表と裏
遺影となった写真の顔を心に残し

日常生活に戻っていこう
次への足を踏み出すために

Ⅲ

見上げると

バス待ちのベンチに座り見上げると
目の奥に広がる青い空　ただよう雲

どこかが違う　どこだ？

横にあったはずの高いビルがなく
白いフェンスに囲まれた一画に

　八階建てのマンションだって

一階にドラッグストアだって

学校へ向かうバスを待つのか
急ぎ足で通り過ぎる高校生の声

久ぶりに訪れた場所の
面変わりする風景

そこにあった建物に何が入っていたのか
思い出そうとしてもはっきり思い出せない
再開発のためか耐震設計のためか
古い建物は跡形なく消えていた

「おーい　雲よ」と呼びかけたくなる空も
やがて前よりずっと狭く見えるのだろう

心のなかに見えている世界も
いつか狭められていくのだろうか

二〇二〇年　春

気がつくと
空き地の法面《のりめん》にスギナが群生

そういえば　この春は
ツクシを見ていなかった

いつも　ツクシを摘んで
はかまを取った手の汚れのまま
佃煮にして食べていた

子供のころは道端で摘み
大きくなってからは遠出して

口に残るその苦みは
幼いころの自分に重なり
春から次の季節へと誘っていた

蓬を摘んで　小豆を煮て
ヨモギモチを作ったたっけ
楽しかった母との思い出

それなのに　今年は
冬から夏へと季節が飛んで

行き所のない心が出口を探している
久しぶりの散歩の足を止め
スギナをひと摘み手に取ってみた

草を抜くときは

二日間続いた雨が上がった次の朝
スコップを片手に外に出る
家の前のアスファルトの歩道
ブロックとの透き間に生えている草が
電柱から電柱　その先の電柱へと
ずっと続いている

腰を屈めその草を抜き始める
雨上がりの水を含んだ草の根は

少しスコップを差し込むだけで
簡単に抜けていく
横へ横へといざりながら
草を抜きビニールの袋に入れていく

種をつけているのはもちろん
かわいい小さな花の咲いているものも
すべて順に抜いていく
十五分もすると腰が痛くなり
今日はここまでと
途中でも止めにしてしまう

子供のころ　実家の庭で
母が草抜きをしていたのを思い出す

長袖のシャツを着て麦わら帽子を被り
首には手ぬぐいをまいていたが
早朝から夕方まで一日中庭に出ていた
そんな体力は今の私にはない

痛くなってきた腰を伸ばしながら
半分だけきれいになった歩道を見ると
なぜか母を思い出す
八十歳を過ぎても庭に出ていた母
かなわない思いとともに
胸があたたかくなってくる

面会の日に

柳がゆれ　まわりに
点々と青紫の葉っぱが浮かぶ
そして　赤く橙色に染まった花
水辺には
白いトンボが二匹悠然と飛んでいる

病院の待ち合い室で見つけた
スイレンの絵
吸い込まれるように目が離せない

コロナの関係で病室には入れず
ただ待つだけの時間の中で
心と体は　どこへ飛ぶのか

スイレンに乗っていたのは
おやゆび姫だったか
ふしぎの世界に引き込まれ
私も　池の中にいた

童話を読む声が聞こえてくる
本の好きだった友の声か
今では　会うことのできない人

ここは　過去の世界か彼岸なのか
立っている場所がわからない
足元がふらつき　体がゆれる
「お待ちどうさま」
背中にそっと優しく手がおかれた

てがみ

久しぶりに手紙を書いた

祖父も祖母も亡くなり
叔父も伯母も亡くなり
畑をつぶして　横に
若い夫婦の家を建てた
と　聞いている場所へ

幼いころ遊びに行った

畑にはスイカがころがり
納屋でブタを飼い
釣るべ井戸で水をくんだ
裏の竹やぶには糸トンボが

だだっ広く遮るもののない居間
大きな仏壇　日当たりの良い廊下
五右衛門風呂　広い土間
疎水の冷たい水で洗濯など
のんびりした田舎の生活

いま　家に居ることが多くなり
子供のころを思い出す
音信不通にしていた場所に

久しぶりに手紙を書いてみた
返信は期待していなかった　が

　母屋は空き家となっていますが
　整理して何らかの方法で
　残したいと思っています

心の中に残っている
母のふるさと
遠い　遠い　なつかしい場所
訪れたい　訪れたいけど……

自粛して

ステイホームということで
本棚の整理をはじめた

辞書類は別として
もう十年以上も手に取っていない本たち
何か書き込んでいないかと
ページをパラパラゆすってみる

横に置かれたほこりをかぶった箱の中から

忘れられていた写真がでてきた

想い出は写真とともに
新たに蘇るのか
複数の場面が一つに結びつき
過去へと引きずり込んでいく

若かった幼かった私と友達そして母
当時の田んぼや空き地
板塀でつながっていた両隣り
自由に隣りの庭先を走り抜けていた

少し色あせた写真を見ていると
今は此岸にいない人々が

その当時の顔で浮かんでくる
ステイホームで見つけた
過去の自分との対話
タイムマシーンに乗ったような
そんな時間を過ごしていた

叫びたい

木枯らしをからだに感じ
コートのえりをたてて歩く
木の葉はざわざわと音をたて
塗装中のマンションでは
覆いのビニールシートが
さわさわと音をたてる

アスファルトの道をいくと

足許から冷気が這い上がってくる

いつのまにか季節は移り
鳥の声も虫の声も聞こえてこない
生きている命の声が聞こえてこない
風の作り出す音だけが響いてくる

この時期に亡くなった人の想い出が
じんわりと浮かび上がってくる

ついこの間のように思っていても
あの人の誕生日が浮かんでこない
あの人の亡くなった年が浮かんでこない
木々のざわめきが心をしめる

わあっと　大声で叫びたい　今

時を持つ

地平線も水平線もみえない
都会にいても
夕間暮れになると
ビルや家々と空との間《あわい》が
オレンジから赤色にかわり
やがて
建物が影絵となり
暗く浮かび上がる

あたりが闇に包まれるころ
見上げると下弦の月
少し離れて寄り添う星々

自然のいとなみに
目を奪われるひととき
時の流れの中に吸い込まれる

先生と呼んでいた人々が
みな　思い出の中に入り込み
姿を消してしまった

それでも　わたしは
ふらつきながらも

この大地に立ち続けて
空を見上げる時を持っている

生きている

真夜中に目覚める時がある

今ふうの家は寝る間もなく
一日中起きている
昼間は感じないその息遣い

テレビや電灯の許にある
小さな補助あかり
あたりの明るさにまぎれて

ついていることさえ
忘れて過ごしている

建物の換気を促す
ブーンというかすかな音
外から入ってくる車の音や
人々の話し声　暮らしの音　に
紛れて耳に届いてこない

手もとの時計は
深夜二時を示している
眼をこらすと点在する
ほのかな明かりと
微かな家の振動音

寝ている間も
家を守っているかのような
明かりと換気扇
さて　本当にこれらに
守られているのだろうか
せめて夜ぐらいは
何の音もしない静寂と
明かりのない暗闇の中で
静かに　寝ていたい

子供のころのように

春を待つ

冬の朝は暗く冷たい
新聞配達のバイクの音に促され
外に出て見上げれば
上弦の三日月
そこに寄り添うように光る星ひとつ

夜明けを待つ
空の明るみにともない
いつしか星の光は消え

月だけがやわらかく輝いている

視界から消えてもなお
姿を隠してあの星は
寄り添っているのだろう

かつて身近に
寄り添ってくれていた人を想う
離れてしまった人
彼岸へ旅立った人

さて　一人になり
心の奥に潜んでいる
良いことばかりでない

なじるような暗い心の内
見えないけれど
確かに隠し持っている

浮き上がってくる諸々の想いを
降る雨が流し去ってくれるといい
冷たく土壌に埋め込んでしまえるといい
未だに心の中に生きている
寄り添ってくれていた人を想いながら

現在進行形

午後のテレビ番組は再放送がいっぱい
内容の半分は覚えていても
忘れている半分で楽しめる

馴染んだ俳優たちを見ていると
その人たちが現実となって動き出す

あれ　この人　亡くなったのでは

画面での生き生きとした演技をみると
生きている人　亡くなった人
記憶が混乱してくる

人の記憶なんてそうしたもの
毎日会っているのでないかぎり
現実にいなくても心の中で生きている

歳を重ねると友達と会う機会も減ってくる
でも　何年かぶりに会っても
いつも会っているかのように感じる

楽しかった事　ケンカした事
懐かしい思い出も

現在進行形で心に浮かび上がってくる

父も母も亡くなった
でも　人の死とは何だろう
その人の生死とは無関係に
だれも思い出さなくなった時

だから
寂しくなく生きていける
まわりにいっぱいいるから
心の中で共に生きているから

あとがき

令和になり、ここ数年の世の中の移り変わりは、大きすぎてついていけない気がしています。コロナ、その感染力の強さ怖さで、三年ほど前から、他の人との接触が制限され、日常生活でもマスクや手洗いの徹底と、自粛が大きく言われる様になりました。

そうこうしているうちに、ウクライナとロシアの戦争。遠くの出来事と思っていたのに、経済に影響が出始め、また、難民問題も大きくなってきています。コロナも戦争の影響も瞬時の感覚で全世界に広がっています。インターネットが発達し、グローバル化した現在では、善くも悪しくも本当に全世界がひとつの共同体となった気がします。

そんな中で書きためてきた詩を一つにまとめる事にしました。今まで思いもしなかった言葉が、感覚が、詩の上にも表れています。この時代を知らないと解らない感覚であり内容になっているかもしれませんが、でも、忘れないように、書きとめておきたかった言葉たちです。

携帯電話からスマートフォンへと通信手段も移り変わり、ＳＮＳやユーチューブなどが日常となりました。ペーパーレス・キャッシュレスといわれる世の中に向かって進んでいます。でも、今の時の流れに乗り遅れているというか、乗りたくない思いで過ごしています。そんな中で生まれた言葉たちが、少しでも読み手に伝わってくれればと思います。

一冊にまとめるにあたり、土曜美術社出版販売の高木祐子様はじめ皆様にお世話になりました事、厚く御礼申し上げます。

二〇二三年三月

伊藤康子

著者略歴
伊藤康子（いとう・やすこ）

1949年　東京生まれ

詩集　1998年『糸を張る』（土曜美術社出版販売）
2005年『遠い日の私へ』（美研インターナショナル）
2012年『あしあと』（ゆすりか社）
2016年『生まれる』（たんぽぽ出版）
2017年『花をもらいに』（土曜美術社出版販売）
2022年『あのね』（書肆花鑢）

所属「銀河詩手帖」「潮流詩派」

現住所　〒465-0058　愛知県名古屋市名東区貴船 3-2201

詩集　吹《ふ》き抜《ぬ》ける風《かぜ》を

発　行　二〇二三年四月十五日

著　者　伊藤康子
装　丁　高島鯉水子
発行者　高木祐子
発行所　土曜美術社出版販売
〒162-0813　東京都新宿区東五軒町三―一〇
電　話　〇三―五二二九―〇七三〇
FAX　〇三―五二二九―〇七三二
振　替　〇〇一六〇―九―七五六九〇九
印刷・製本　モリモト印刷

ISBN978-4-8120-2752-3　C0092